문학과지성 시인선 459

땅을 여는 꽃들

김형영 시집

문학과지성사

문학과지성사에서 펴낸 김형영의 시집

모기들은 혼자서도 소리를 친다(1979)
다른 하늘이 열릴 때(1987)
기다림이 끝나는 날에도(1992)
새벽달처럼(1997)
낮은 수평선(2004)
내가 당신을 얼마나 꿈꾸었으면(2005, 시선집)
나무 안에서(2009)

문학과지성 시인선 459
땅을 여는 꽃들

펴 낸 날 2014년 9월 30일

지 은 이 김형영
펴 낸 이 주일우
펴 낸 곳 ㈜**문학과지성사**

등록번호 제1993-000098호
주   소 121-894 서울 마포구 잔다리로7길 18(서교동 377-20)
전   화 02)338-7224
팩   스 02)323-4180(편집) 02)338-7221(영업)
전자우편 moonji@moonji.com
홈페이지 www.moonji.com

ⓒ 김형영, 2014. Printed in Seoul, Korea

ISBN 978-89-320-2662-6

문학과지성 시인선 459

땅을 여는 꽃들

김형영

2014

시인의 말

1부는 2013~14년에
2부는 2012년에, 3부는 2011년에
4부는 2009~10년에
쓰거나 발표한 것들 순으로 엮었다.
엮고 난 지금의 내 느낌은
시 쓰기 참으로 어렵다는 것이다.
그래도 이번 시집을 통해 얻은 것이 있다면
시란 '눈에 보이는 음악'이어야겠다는 것이다.

2014년 가을
김형영

땅을 여는 꽃들

차례

1부
지금 여기에

옆길

『질문의 책』*을 읽다가
그만 정신이 팔려
한참을 엉뚱한 길에서 놀았다.

하늘이 무너지면 새들은 어디서 날까?

땅이 꺼지면 허공은 얼마나 깊어질까?

사람은 어디에 발 디디고 살지?

끙끙이속 신발끈을 고쳐 매고
지구 밖에 나가봐야겠다.

* 파블로 네루다 시집.

땅을 여는 꽃들

봄비 오시자
땅을 여는
저 꽃들 좀 봐요.

노란 꽃
붉은 꽃
희고 파란 꽃,
향기 머금은 작은 입들
옹알거리는 소리,
하늘과
바람과
햇볕의 숨소리를
들려주시네.

눈도 귀도 입도 닫고
온전히
그 꽃들 보려면
마음도 닫아걸어야겠지.

봄비 오시자
봄비 오시자
땅을 여는 꽃들아
어디 너 한번 품어보자.

교감

프란치스코와 새는
무슨 말로 대화했을까.
그야 영적 대화겠지,
무심코 대답했는데
옆에서 누가
그걸 영적 교감이라는 거여,
단숨에 고친다.

우리가 주고받는 말들은
의미가 깊다 해도
영적 교감은 아니다.
새가 무슨 말을 하는지
꽃은 왜 웃다 말다 하는지
바위는 정녕 침묵만 하는지
알지 못한다.
(나비라면 혹 알까?)

영혼이 오가는 순간을

어찌 귀와 입으로 붙잡겠는가.

눈도 아니다.

생각도 아니다.

나 없는 내가 되어

가슴으로 듣는 말,

사랑의 숨결이다.

지금 여기에

아침 산책길
새들의 노래,
몸도 마음도 깨어
문득 허공을 날고 싶다.

만나는 사람 없어
말을 건넬 순 없지만
아침 새들의 노래는
허공보다 멀리
조잘조잘 날아간다.

시계 따라 살다 보니
숨어 있는 기쁨 다들 모르겠지.
마음껏 혼자 심호흡하는 아침이면
행복이 지금 여기에 있다는 것을
나눠주고 싶어 견딜 수 없다.

봄·봄·봄

다들 살아 있었구나.
너도,
너도,
너도,
광대나물
너도,

그동안
어디 숨어서
죽은 듯
살아 있었느냐.

내일은
네오내오없이
봄볕에 나가
희고 붉은 꽃구름
한번 피워보자.

내가 나다

내가 나다.
너희들 올가미에 걸린
그 사람이 나다.

무얼 머뭇거리느냐.
녹슨 칼일랑
자루에 집어넣고
잠시만 기다려라.

스스로 걸어가리라.
캄캄한 밤이면 어떠냐.
너희들 소굴이 어딘지
나는 안다.

이제 다 끝났다.
고통의 절정에서 피는 꽃이
어떤 꽃인지
너희는 보게 되리라.

들어라,

모든 것은 너희가 보고 들은 대로다.

내가 바로 나다.

쉬었다 가자

내가 날마다 오르는 관악산 중턱에는
백 년 된 소나무 한 그루가 서 있는데요
팔을 다 벌려도 안을 수가 없어서
못 이긴 척 가만히 안기지요.
껍질은 두껍고 거칠지만
할머니 마음같이 포근하지요.

소나무 곁에는 벚나무도 자라고 있는데요
아직은 젊고 허리가 가늘어서
내가 꼭 감싸주지요.
손주를 안아주듯 그렇게요.

안기고 안아주다 보면
어느새 계절이 바뀌고
십 년도 한나절같이 훌쩍 지났어요.
이제 그만 바위 곁에 앉아
쉬었다 가는 게 좋겠지요.

無에 대하여

내가 無에도 씨가 있다니까
내 친구 강은교 시인이 한바탕 웃더니
나는 무지개의 알을 보았다는 거라.
그 알이 무슨 알인지 궁금해
그 알 좀 보여달랬더니
이번에는 또
그건 二流가 되는 일이라
가르쳐주면 지구 밖으로 추방당한다는 거라.

플라톤이 시인을 추방하자는 것도
바로 그 표현할 수 없는 것을
一流 시인은 표현하기 때문이라나.
그래 맞네, 맞아.
진리는 표현하는 것이 아니란 거
그대가 二流가 아니라는 거
나도 이제 알겠네.

시인 박재삼

어젯밤에도
오늘 밤에도
또 내일 밤에도
달이 뜨면
빌며 살았다.
잘못이야 있든 없든
그게 무슨 상관이냐.
어둠을 밝히려고
이울지 못하는 사랑이여.
저승에서도
이승 바라보며
진실을 빌어줄 시인이여.

공초 오상순

唯一無二한 보물,
흐흐흐 흐흐흐
텅 빈 웃음 퍼뜨리다가
꽁초 끝에 피어오르는
연기를 타고
사라졌도다,
온다 간다 말 한마디 없이.

I love you
―최인호 영전에

오늘 밤 날이 새면
하늘의 별들은 시들어 그 빛을 잃겠지만
그대의 이름은 결코 시들지 않으리.
지상에서 빛나던 그대의 별은
내일 밤 하늘에서 새롭게 빛나리.

오십 년을 그대는 별이었고
오십 년을 그대는 꽃이었고
글만 써서 살 수 있는 길을
이 땅의 작가들에게 열어준 그대,
그리운 벗이여!
그대를 거친 세상에 살게 한 육체,
그대의 영혼을 담았던 육체,
이제 홀홀 벗어놓으시고
그대의 '별들의 고향'으로 떠나시게.

그대가 남긴 마지막 말,
"주님이 오셨다. 됐다."

어서 주님과 함께 떠나시게.
그대를 위해 태초부터 마련된
하느님 품에서 편히 쉬시게.
하늘로 가는 길이 '길 없는 길'일지라도
바쁜 세속 일 벗어났으니
천천히 한눈도 팔면서 떠나시게.
늦어도 빨라도 사흘이면
그리던 천국의 문은 열리리니.

내 영혼의 혈연이여!
내 목소리 그대가 들을 수 없고
그대 목소리 내가 듣지 못해도
그대를 반기는 영생의 나팔 소리
내 영혼의 귓전까지 울리는 듯하네.

I love you!
I love you!
I love you!

조금 취해서

남 칭찬하고
술 한잔 마시고,
많이는 아니고
조금, 마시고
취해서
비틀거리니
행복하구나.
갈 길 몰라도
행복하구나.

回春

나무를 안으니
내 몸속에 수액이 흐른다.
나무는 내 몸이 제 몸인 줄 아는지
자꾸만 수액을 빨아올린다.

잎이 무성하니
갈 길 바쁜 바람도 쉬었다 간다.
나무가 시원하니 나도 시원하고
나무에 힘이 솟으니
내 몸속 피도 잘 돌아

오늘은 당신을 불러내어
바람 안고 한번 놀아볼까?
용을 써볼까?
에라, 내친김에 사고도 쳐볼까.

한통속

어떤 사람은
사는 게 그래도 죽는 것보다 낫다고 한다.
또 어떤 사람은
두 눈에 불을 켜고
차라리 죽는 게 사는 것보다 낫다고 따진다.

세상은 살다 죽는 것인지
죽어서도 살 수 있는 것인지
누구도 안다 우길 수는 없지만
이 세상 어딘가에는
살아서 죽어 사는 사람도 있다 하니
그렇다면
이승과 저승은 한통속인가.

수평선·7

일 저지르고 나서 후회하는 날은
시퍼런 바다를 향해 소리쳤나니

파도는 겹겹이 달아나며
하늘에 대고 다 일러바쳤네.

허나 이제 핏대는커녕
후회할 여력도 나는 잃어
이 후미진 바닷가에 떠밀려 와서
멀뚱멀뚱 두 눈 뜨고
개펄에 大자로 누워버렸네.

썰물이여, 썰물이여
이대로 누워 기다리면
하늘의 말씀 듣고 와서
한마디쯤 전해주겠느냐.
안 보이는 세상 한 조각이라도 실어 와
보여주겠느냐.

하염없어라

바라보면 바라볼수록
까마득하다.
저승으로 떠난 지 甲年이 지났는데도
기별이라곤
그제나 이제나 그때 그 나이
말 없는 사진 한 장뿐.

아들의 아들 나이보다
젊은 아버지,
저승에서나마 환갑상은 받으셨는지.
아들 없이 누가 있어
상을 차려 주었는지.

추석 대보름 아버지 제삿날
밤하늘 바라보며 하염없어라.
人生七十古來에
아버지 잃은 여덟 살 아들과
서른여섯 아버지의

빛바랜 사진을 번갈아 보며
하염없어라.
하염없어라.

철조망에 묶여

휴전선 백오십오 마일 따라
올봄에도 꽃들은
목이 터져라 피는데,
산과 산 사이
들과 들 사이
철조망에 막혀도
임진강은 변함없이 흐르고
새들은 평화롭게
남북을 훨훨 오가는데,
너와 나
우리 두 가슴만
철조망에 묶여
오십 년을 허송세월하였구나.

마지막 꿈

좀 늙기는 했지만
그래도 아직 내 집에서 잠자고
아내가 해주는 밥 대접받고
자식들 결혼해 흠 없는 자식 낳아
내 영생을 확인해주고,
아침마다 산책을 즐기며
밤에는 친구들 만나 술도 한두 잔,
취하면 비틀거리다 흥얼흥얼 콧노래도 부르고,
누굴 미워한 날은
그다음 날은
성당에 가서 빌기도 하고……
생각하면 행복한 게 너무 많아
누가 알까 눈치 보인다.
늙어서 이런 행복 누릴 줄
언제 꿈이라도 꾸었던가.
가진 것 없어 나누지는 못해도
屍身은 이미 醫大에 기증해놓았으니
本鄕에 돌아가는 일만 남았구나.

작은 생각들

1. 밤

밤아,
마침내 네가
흩어진 천지사방을
하나로 모았구나.

2. 우리 동네

우리 동네 구멍가게에는
있는 것도 없고
없는 것도 있다.
그냥 거기 맘 놓고
아무거나 가져가거라.

이따 또 오지 마라.

3. 이웃

누가 네 이웃이냐 묻지 마라.
나도 네 이웃 아니냐.

4. 生死

네가 죽는 날
네가 태어난다.

언제 너희가 만나랴.

5. 꿈

겨우내 땅속에서
숨죽이고 꾼 꿈 하나 들고

땅 밖으로 나오는 새싹들아,
너를 보고 있으면
가슴이 아프다.
이 풍진세상은 어떻게 견디며
꿈은 또 언제 펼치려나.

6. 높바람

높바람이 분다.
어디에
떠나야 할 것이 숨어 있나 보다.

옷깃 여며야겠다.

2부
오늘은 당신 없이

오늘은 당신 없이
— 아내에게

봄비에 젖은 꽃
산길 따라 한꺼번에 피었습니다.

당신 없이 나 혼자
너무 심심해
무슨 말이든 누구와 나누고 싶어.

그래, 그래, 그래,
오늘은 당신 없이
그냥 꽃하고 눈만 맞추며
게으른 산행을 할까 합니다.

눈이 오시는 날

홍시를 먹다가
하늘에 계신 어른께선
무얼 잡수고 계시나 했더니
아랫목에 가부좌를 틀고 앉아
까치가 쪼다 만 홍시만 골라
오물오물 드시고 계시네.

서리 맞아 움츠려
바람 소리만 들어도 떨어질 것 같은
가지 끝에 매달린 홍시를 생각하며
그 화창한 웃음 머금고
여전히 즐거워하시네.

자네도 하나 자셔보시게
자네도 하나 자셔보시게
덕담도 나눠 주시면서
고로코롬 자시고 계시네.

짝사랑

내게 없는 것 네게는 있었다.

눈앞에 떠도는 뜬구름 하나.

인간의 말에는

모여서 피는 꽃들,
재잘대며 날아오르는 새들,
꼼짝 않는 바위들과
더불어 자라는 나무들이
도란도란 이야기를 나누며 삽니다.
비가 오면 비 이야기
바람 불면 바람 이야기
날이 새면 오늘 이야기

그들이 나누는 이야기에
무슨 의미가 깊겠어요.
그러나,
그러나,
그러나,
언젠가 나는 그게 궁금해서
그들의 말을 엿듣다가
그만 깜짝 놀란 적이 있었지요.
그들도 사람들의 이야기를

엿들을지 모른다는 느낌 말이에요.

얼굴이 화끈거렸습니다.
인간이 주고받는 말에는
(물론 진실도 담겨 있지만)
거짓이 숨어 있다는 것을
나는 알고 있기에.

초범

이 세상에 태어난 사람은
모두 初犯이다.
이 세상을 살다 떠난 사람은
더는 죄를 지을 수 없다.

그런데도 믿는다는 사람들은
주님 다시 태어나라고
태어나 우리 대신
한 번 더 죄를 지어달라고
밤낮없이 기도한다.

기적, 일어나라고
기적, 일어난다고
기적, 일어났다고
주님을 상습범으로 만드는
아멘의 먹구름은
지구 밖까지 뒤덮고 있다.

부자가 되는 길이 여기 있다고
권력을 잡는 길이 여기 있다고
영원히 사는 길이 여기 있다고
모여서 우겨대며
죄 없이 죽은 사람
다시 불러내어 再犯하라고
정신없이 머리를 굴리고 있다.

가난한 당신이었사오나
힘없는 당신이었사오나
당당히 떠난 당신,
다시 오지 마소서.
하실 수 있다면
날벼락이라도 한번 내리치소서.
당신 따라 사는 우리도
초범으로 죽게 하소서.

화살기도

나를 버릴 곳
나밖에 없다.
개똥밭도 쓰레기통도
내 속마음보다는 깨끗해.
손금을 보듯
땅끝 구석구석 다 찾아보아도
나를 버릴 곳
나밖에 없다.

오늘의 기도
— 쿠오바디스 도미네

못 박히소서
못 박히소서
내 대신 못 박히소서

주님,
어서 빨리 오시어
내 대신 못 박히소서

아멘!

사는 날같이

내가 할 일이 어디 이 세상뿐이랴
저세상에서도 할 일이 있어
나는 날마다 꿈꾸기를 연습하나니

진실로 진실로 바라옵기는
사는 날같이 죽어서도
날마다 꿈꾸는 날이기를.

낙엽

바람이 불어
바람이 불어
떨어져도 편히 쉴 수가 없네.

그 안에 온 누리 가득한
무덤 하나.

3부
햇빛 밝은 아침

말벗

바깥나들이 할 때면
뒷짐부터 진다.
편안하다.
느릿느릿 걷다가
담장 밑에 민들레며
겁 없이 기어오르는
담쟁이넝쿨과도 만난다.

한참을 그냥 마주 서서
속사정도 나눈다.
눈 잠깐 맞췄을 뿐인데
돌아서면 여운이 남는다.

말벗이 하나둘 사라지고
혼자 남아 중얼거리는 날이 많아지자
먼 산 황혼이 조용히 타이른다.
그만 자거라.

햇빛 밝은 아침

동녘에 해가 떠오르면
아메리카 인디언들은
너도나도 앞다퉈 깨어나
춤을 추어대는데,
두더지들도 때맞춰
모래 속에서 기어 나와서는
사람들 틈에 끼어
선댄스를 추어대는데,
우리 미당 선생님
미국 와이오밍 주 여행 중에
수만 년 이어 내려오는
이 기막힌 얘기를 들으시고
'한 송이 꽃이 되어 흔들렸다'기에
햇빛 밝은 아침
선생님을 그리며
모래 한 줌 없는 창가에 나와
덩달아 벌거숭이로
선댄스를 추었지.

아무리 생각해도 이런 흉내는
창조적인 생명놀이만 같아
신이 나서 한참 동안 춤을 추었지.

꿈을 찾아서

나무들의 대성당에서
새들은 노래한다.
밤새 내려온 이슬방울은
하느님 눈망울인 양 깜박거리고,
바람은 건들 불어
아침을 연다.

오늘은 또 이렇게
하루를 시작하는 거다.
맑은 공기로 가슴 부풀려
세상을 떠도는 거다.
어젯밤 꾼 꿈을 찾아가는 거다.

콧노래를 부르며
콧노래와 함께
나는 다시 나를 찾아
내 노래를 부르는 거다.

대성당의 나무들처럼
거기 깃들어 사는 새들처럼
나도 거기 깃들어
오늘도 한결같이
또 하루를 새롭게 살아보는 거다.

앵무새를 기리는 노래

거울에 나타난 것은
네가 아니고 허상이라는 것을
너는 보고 말았구나.
너는 그걸 알았기에
그 연약한 부리로 거울을 깨뜨리고
자신까지도 깨뜨렸구나.

네 앞에 거울을 놓고
거울 뒤에 숨어서
너를 위로하려다 그만 너를 속인
내가 누구더냐.
임금이로다.
보고도 못 보던 임금이로다.

그림자에 속은 한순간이 부끄러워
자신을 던진 너를 통해서
나는 비로소 깨달았노라.
내가 깨야 할 것은 거울이 아니라

닥칠 위험이 두려워서
개혁을 머뭇거린 내 나약함이라는 것을.

너를 기리며 나는 다짐하노니
너의 지혜로 악습의 틀을 깨고
거짓과 사치와 모략의 허상에
다시는 현혹되지 않으리라.
이것이 국법을 어기고, 마침내는
내 운명을 바꾸게 될지라도.

*『삼국유사』 기이 제2편 「흥덕왕과 앵무」 참조.

양파와 쪽파

어느새 우리는 젖어 있다.
희고 검은 소나기에
피할 틈도 없이
우리는 젖어 흘러간다.

나는 이리로
너는 저리로

거기가 어딘지도 모르고
시간을 지우며 흘러가는 나를 붙들어다오.
이 몸뚱이를, 무엇보다
생각할 시간을 좀 붙들어다오.

양파 대파 실파 쪽파……
맛 좋은 파가 이 땅에는 하고많은데
그것도 모자라
성씨끼리도 파를 만들어
눈만 뜨면 파당으로 모이고

파당으로 분열하는
오늘도,

나는 이리로
너는 저리로

깨지고 터지고 갈라서면서
파당의 소나기에 젖어
정신없이 흘러가는
나는 지금 무슨 파인가.
이 정체불명의 파당의 시궁창에서
오늘도 여전히 우리는 흘러간다.

나는 이리로
너는 저리로.

제비

제비가 돌아왔다.
하늘에 낙서를 남기며
돌아왔다, 반년 만에
과녁을 향한 화살처럼
소리 소문 없이 돌아왔다.

재잘거리는 입소문에
꽃샘바람은 대추나무를 흔들고,*
새싹들은 노란 어깨로 대지를 흔들어
저절로 벌어지는 꽃들 바람에
소문은 들떠 퍼져갔다.

어떤 권력이 소문을 막을 수 있을까요.
어떤 벽이
어떤 법이
제비가 몰고 온 이 소문을
막을 수 있을까요.

바람보다 더 빠르게

더 넓게

더 멀리 퍼진 소문은

땅속의 생기까지 불러내니

돌아온 제비야,

그저 네가

반갑고 기쁘고 고맙다.**

  * 윤후명, 「얼음새꽃과 노루귀꽃」에서.

** 공초 선생님의 인사말을 구상 선생님이 즐겨 사용.

林立

서산마루에 피어오르는
황혼에 넋을 걸어놓고
하염없이 바라보다가
문득 그대를 생각했네.

그대의 집 앞 느티나무는
바람이 불면 바람과 어울리고
비가 오면 비와 어울리고
눈이 내리면
내리는 눈과 어울리더니
그대를 닮아 의젓하게 서 있더군.
덩달아 巨木이 되어서 말야.

그래 오늘은 하던 일 다 뒤로 미루고
그대를 찾아가노니,
그대 집으로 들어서는 길가에는
그대의 이름 같은 나무들이 늘어서서
미욱한 나를 반겨주더군.

어디 나뿐이겠는가.
그대의 너그러운 마음 가지들은
누구라도 어서 오라고 손짓하시지.

백발이 되어서도 한결같은 그대,
내 환쟁이 친구 임립!
우리가 만난 오십 년이
이 순간을 마련하기 위한 시간이었나 보이.

산꼭대기에 올라

산꼭대기에 올라
소나무 밑에 누워본다.
얽히고설킨 가지와
가지마다 푸른 솔잎 사이로
바람과 구름 따라
근심 걱정이 씻은 듯 사라진다.

하늘을 향해 몇백 년을 자란
늙은 소나무 밑에 누워 있으면
내가 가장 가벼워지는 시간,
어디든 춤추며 날아갈 것 같다.

좋은 날 좋은 시 택해서
막걸리 한두 말 퍼다
뿌리 깊이 부어드려야겠다.

봄나비처럼

날아다니는 꽃
날아다니는 노래
그걸 바라보며 흥얼흥얼
봄날은 하루뿐인 듯
햇볕과 신명 나서 놀아봅니다.

삼라만상을 흔들며 날아들면
풀잎은 꽃잎이 되고
돌멩이도 개똥밭도
길바닥도 꽃을 피웁니다.

푸른 하늘이 머리 위에 앉아도
앉은 줄도 모르고
꽃들은 제 향기에 취해
나는 내 꿈에 취해 삽니다.

하늘에 바람을 걸고

나무와 인사를 하면
저 사람 미쳤다고 손가락질한다.

나무가 아는 것을 나도 알고 싶어
나무를 안고 얘기를 나누면
저 사람 헛소리한다고 수근거린다.

없는 것을 본 것이 아니고
안 보이는 것과 교감하는데
입술을 비쭉거리며 머리를 내젓는다.*

머지않아 보이는 것은 사라지고
안 보이는 것이 보이는 날
하늘에 바람 하나 걸고 산 삶이여.

복되고 복되어라
그날을 기다리는 시간들.

* 「시편」 22장 8절.

66

이런 法案

참으로 어이가 없다 보면
절로 쓴웃음이 터져 나오는데
그걸 바라보는 사람
저 표정 좀 보아요.
실없이 웃는 것 같아도
얼마나 편안해 보이는가.
보는 사람이나
보는 사람을 보는 사람이나
모두 평화롭지 않아요.

시장 바닥 싸움판은
금방 무슨 일이 벌어질 듯 살벌하지만
누구든 바보웃음이라도 웃는 날이면
싸움판은 어느새 웃음판으로 바뀌는데,
모름지기 법을 만드는 사람들이
허구한 날 모이기만 하면 웃음은커녕
비방과 욕설, 거짓과 행패로 난장판을 만드니
보기에 민망하기 그지없지요.

도떼기시장만도 못한 그런 짓일랑
쓰레기통에 던져버리고
헛웃음일망정 한번 웃어보세요.
웃음이 안 나오면
옆 사람 웃는 걸 바라보면서
미소라도 지어보세요.
이것도 저것도 안 되면 아예 법을 제정하세요.
이를테면, 회의 시작 삼 분 동안
서로 마주 보며 웃기로 하는 법을.

지금 국사보다 시급한 건 웃음이니
잠시 웃고 나서 국사를 논의해보세요.
그 웃음의 파장이 어떤지
(물론 국민은 다 아는 일이지만)
활짝 보여주세요.
몇백 년 편싸움에 굳은 머릿속에서는
새로운 법안이 샘솟고,

그중에서도 회의 시작 삼 분 동안
웃음꽃을 피우는 법안은
만장일치로 통과시켜보세요.
우리 국회는 말할 것도 없고
방방곡곡이 때아닌 꽃밭이 될 거예요.

나는 이 법안을 강력히 제안합니다.
(그렇다고 이 제안까지 웃음으로 넘기진 마세요.)

월명암 낙조대

저녁노을이 마지막으로 모여드는 곳,
모여서는 한바탕
하늘과 바다에 불을 지르고
장엄 축복을 드리는 시간,
그 시간이 가장 잘 보이는
월명암 낙조대.

누구든 여기 오르면
하늘의 붉은 노을이 식어
달이 떠오를 때까지 기다리라 한다.
돌아서면 흔적도 없이 사라진 내가
내 속에서 다시 떠오를 때까지
기다리라 한다.
비탈진 산길 오르던
거친 숨소리 고르며
기다리라 한다.
기다리라 한다.
기다리라 한다.

4부
헛것을 따라다니다

회오리바람에

회오리바람에 날아오르는 것들,
검불이라든가 먼지라든가
아무렇게나 걸어놓은
바람난 여자의 속곳이라든가
정신 차릴 틈도 없이
아예 정신 놓고 솟아오르는 것들,
그 속에 섞이어
눈 딱 감고 나도 휘말려볼까.
아등바등 허공을 맴돌며
예라, 이 답답한 세상
나 혼자라도 한번 뒤흔들어볼까.
아니면, 거기 그냥 그대로
아니면, 죽어서도 날아오를
회오리바람이나 되어볼까.

한강을 바라보며

제아무리 비바람 몰아쳐도
침묵이로다.
동쪽 끝에서 서쪽 끝으로
한반도의 허리를 안고 돌아
돌아 여기 와서
넘쳐흐르는 한강이여.

하늘이 비가 되어 범람해도
너는 제 길을 잃은 적 없고,
석 달 열흘 가뭄에도
너는 네 속을 드러내지 않았다.
역사 이래 네가 견뎌낸 시간은
영원으로 이어져 흐르지만
너를 바라보며
무슨 다짐이라도 하나 품에 안고
나에게로 돌아가야 하리.

굽이쳐 흐르는 강물이여.

땅에서 일어난 진실을
물 위에 띄워 흐른다 해도
그건 한낱 거품에 지나지 않을 뿐
우리가 지금 이 순간
무엇을 알겠으며
무엇을 또 모르겠는가.

서울의 이마를 짚고 흐르는 한강이여.
억만년 흐를 한반도의 핏줄이여.
여기서부터 세계는 시작되리니
묵묵히 흐르는 저류를 따라
평화가 너와 함께 흐르리.
이제로부터 영원히 넘쳐흐르리.

나무를 위한 송가

운명을 견뎌내느라
꿋꿋이 서 있는 너를 볼 때마다
내 팔다리는 가늘어지고
내 생각은 너무 가벼워
몸 둘 바를 모르겠기에
나는 때때로 네 앞에서 서성거린다.
너를 끌어안고서
네 안으로 들어가려고,
너를 통해서
온전히 네가 되어보려고.

수평선 · 6

몸도 마음도 떠나지 못하고
억만 세기를
밀리고 밀리고
또 밀릴 수밖에 없는,
너는 거기에
나는 여기에

끝이 없기에 너는 끝나고
시작도 못했기에 나는
하늘에 목을 걸고
흔들리며 흔들리며
날마다 다시 시작하는,
너는 거기에
나는 여기에

베드로의 고백

그날 고백한 말 한마디
일생 나를 붙들어
거꾸로 매달았네.

거꾸로 매달려 세상을 바라볼 줄이야.
세상이 거꾸로 매달릴 줄이야.

흔적
―문득 김수환 추기경 생각이 나서

바라던 것을 버리고
아는 것을 버리고
가진 것을 버리더니
마침내 자신까지 버린 이여.
당신이 버리고 떠난 흔적마다
온통 꽃이 피었습니다.

나비 날고
벌들 찾아드니
바람은 덩달아 불고
몇백 년 닫혀 있던 가슴이 열립니다.
문을 여는 이는 안 보여도
여기저기서
너도 나도 다투듯 저절로 열립니다.

죄의 뿌리

하늘이 죄를 지었구나.
땅도 죄를 지었구나.

누군가 내 대신 죄를 지었기에
모진 바람에도 견뎌왔는데,
무슨 죄의 뿌리는 그리도 깊어
어제는 내 혈관을 헤집더니
오늘은 오줌통까지 기웃거린다.

겨우 쭈그러진 얼굴 하나 들고 살아가는데,
하늘이냐 땅이냐
어디로 가면 고통의 끝이 보이며
어디로 가면 쉴 곳이 있느냐.

죄 없이 사는 길이
있기는 있는 것이냐.

바위

허구한 날 묵상만 하고 계시니
그 곁에 꽃나무나 한 그루 심어드리자.
꽃이 피면 심심풀이 눈 마사지에도 좋고
묵묵부답을 알아들으니 답답하지 않겠지.
그걸 눈치 챈 나비들 날아들 때면
바위는 날고 싶어 들썩일지도 몰라.

사랑의 외침
―안충석 신부님 은퇴하는 날

오로지 하느님만을 의지하고
진리를 따라 사시다가
불의한 세력의 반대받는 표징*이 되어
감옥에 갇히고 온몸이 부서질 때에도
십자가는 사랑을 더하는 것이라고
오히려 용서하시던 루카 신부님,

애벌레로 머무는 저희를
부활한 나비 되라고 채찍질하던
그 열정적인 강론,
어떤 이는 당황하고
어떤 이는 두려워하고
어떤 이는 외면했어도
광야에서 외치는 이의 소리처럼
사랑을 증거한 고난의 오십여 년,

저희가 당신 말씀에 마음의 눈을 뜨고
귀와 입이 열린 것은

거침없는 당신의 외침이
하늘에서 나온 사랑의 외침이었기에
오늘 저희는 못내 아쉬워합니다.
저희들 신앙의 길잡이이신
안충석 루카 신부님!

이제 당신의 사랑의 외침은
사람들 마음속에 퍼져
천 배 만 배로 열매 맺으리니
기쁨 속에 그 사랑의 열매 보시며
산처럼 건강하소서.

* 「루카복음」 2장 34절.

없이 계시는 님

님은 여기 머무시기에
님은 저기 머무시기에
님은 거기 머무시기에

들판 푸르른 풀잎에도
산속 울창한 나무에도
출렁이는 강물 속에도

하늘 나는 새에게도
땅속 뒤집는 두더지에게도
타오르는 불속에도 님은 머무시기에
나는 남몰래
내 마음속을 찾아보았네.
낮에도 밤에도 찾아보았네.
꿈속에서도 찾아보았네.

안 계신 데 없는 님이여
없이 계시는 님이여

지금 어디 계시나요.

내 가슴 이렇게 두근거리는데……

검단산 시산제

모년 모월 모일 모시
검단산의 주인이신 신명께
저희들의 작은 정성을 하나로 모아
시산제를 올리나이다.
동명제를 지내던 제단보다는 못해도
저희들 마음으로 쌓은 제단이오니
너그러이 받아주소서.

검단 스님과 최치원 선생께서 신선이 되어
백 년 걸려 바둑 한 판 두신 이 산,
한 나무꾼이 그 바둑 구경에 빠져
도낏자루 썩는 줄도 몰랐다는
신선놀음의 전설이 깃든 이 산,
굽어보면 남한강과 북한강이 만나
우리나라 역사를 기록하는 장관이
한눈에 보이는 이 산을 두고
저희는 다시 한 번 각오를 다짐하나이다.

한반도의 중심에 늠름히 자리 잡은 검단산,
그 주인이신 신명이시여.
올해에는 우리나라에 평화를 주시고
저희들에게는 큰 복을 소나기처럼 내려주소서.

새싹들이 연약한 어깨로 땅을 뚫고 나오는
이 화창한 봄날
산과 들에서 꽃망울이 터지듯이
저희들 마음속에 품은 뜻도
세상을 밝히는 꽃으로 피어나게 도와주소서.

너 어디 있었나

너 어디 있었나
주님 십자가에 못 박히실 때
힘센 기회주의자 빌라도 곁에 있었나
율법주의자 가야파와 함께 있었나
스승을 팔아넘긴 유다 뒤에 숨었나

너 어디 있었나
주님 십자가에 못 박히실 때
스승을 모른다던 베드로를 따라갔었나
잔악한 로마 병사들 틈에 끼어 있었나
기적이 궁금한 구경꾼들 속에 있었나

너 어디 있었나
주님 십자가에 못 박히실 때
두려워 달아난 제자들처럼 떨고 있었나
진실을 고백한 백부장처럼 당당했었나
십자가 아래 여인들처럼 울고 있었나

말해보아라, 사람아 너 사람아
그날 너 어디 있었나
너 지금은 어느 줄에 서 있나

헛것을 따라다니다*

나는 내가 누군지 모르고 산다.
내가 꽃인데
꽃을 찾아다니는가 하면,
내가 바람인데
한 발짝도 나를 떠나지 못하고
스스로 울안에 갇혀 산다.

내가 만물과 함께 주인인데
이리 기웃
저리 기웃
한평생도 모자란 듯 기웃거리다가
나를 바로 보지 못하고
나는 나를 떠나 떠돌아다닌다.

내가 나무이고
내가 꽃이고
내가 향기인데
끝내 나는 내가 누군지 모르고

헛것을 따라다니다
그만 헛것이 되어 떠돌아다닌다.

나 없는 내가 되어 떠돌아다닌다.

*「열왕기 하권」 17장 15절.

서정과 영성의 파동들

유 성 호

1

김형영의 신작 시집 『땅을 여는 꽃들』은, 소소하고 평
범한 일상에서 깊은 근원적 사유와 형이상학적 전율의
세계를 길어 올린 오롯한 결실이다. 가장 신성하고 아름
다운 세계를 희원하는 시인의 품과 격은, 때로는 단아한
서정으로 때로는 순간의 격정으로 나타난다. 등단 50년
을 코앞에 둔 우리 시단의 대표 중진 시인으로서, 그는
오랫동안 자신이 축적해온 종교적 사유를 더욱 단출하
고 응집력 있게 보여줌과 동시에, 심미적 감각을 통한 정
갈하고 산뜻한 관찰과 묘사의 힘을 선명하게 드러낸다.
이번 시집은 그러한 사유의 깊이와 감각의 구체를 통해
가닿은 미학적 결정(結晶)인 셈이다.

나아가 김형영은 그 세계 안에 곡진한 서정과 깊은 영
성의 파동을 담음으로써, 남루한 '존재자'들이 궁극에
는 신성한 '존재'와 연루되고 있음을 탐구하는 지향을
일관되게 보여준다. 그만큼 시인에게 종교적 사유와 감
각이란, 인간이 신성한 존재와 어떤 관계를 가져야 하
는지를 깊이 묻는 데서 생기는 실존적 사건이며, 그러한
시선이 마침내 다시 자기 자신으로 돌아오는 회귀적 회
로를 가지게 된다. 김형영이 보여주는 '신성한 것'의 편
재적 발견은, 그 점에서 우리 시단에서 가장 생동감 있
는 서정과 영성의 실례가 되고 있는 것이다. 그 세계의
안쪽으로 한번 들어가보자.

2

　　먼저 김형영 시학의 가장 주된 요소는, 자연 사물과
시인의 종요로운 가치가 상응하는 장면에서 얻어진다.
말하자면 사물의 구체성과 시인이 지향하고자 하는 삶
의 지표가 서정적 순간성 속에서 견고하게 결속하는 것
이다. 그 빛나는 순간을 통해 우리는 김형영 특유의 형
이상학적 빛을 한껏 쬐게 되고, 이때 우리도 스스럼없이
환한 서정과 영성의 순간에 놓이게 된다. 시인은 그럼으
로써 신성과 인간과 자연이 공통적으로 함축하고 있는

속성에 대해 깊은 사유를 풀어놓는다.

봄비 오시자
땅을 여는
저 꽃들 좀 봐요.

노란 꽃
붉은 꽃
희고 파란 꽃,
향기 머금은 작은 입들
옹알거리는 소리,
하늘과
바람과
햇볕의 숨소리를
들려주시네.

눈도 귀도 입도 닫고
온전히
그 꽃들 보려면
마음도 닫아걸어야겠지.

봄비 오시자
봄비 오시자

땅을 여는 꽃들아

어디 너 한번 품어보자.

―「땅을 여는 꽃들」 전문

　형형색색의 꽃들은 봄비의 자극으로 땅을 열면서 지상으로 솟구친다. 그리고 고유의 향기와 소리로 자신들을 증명하기도 하고, 작은 입으로 "하늘과/바람과/햇볕의 숨소리"를 들려주기도 한다. 이처럼 편재하는 봄날의 꽃들을 온전하게 만나기 위해 시인은 "눈도 귀도 입도 닫"은 채 "마음도 닫아걸어야" 한다고 말한다. 요컨대 모든 즉물적 감각을 양도한 채 크나큰 품으로 온전하게 봄날의 꽃들을 안아 들이고자 하는 것이다. 그래서 이 시편은 땅을 열면서 모든 생명의 첫머리가 되고 있는 '꽃들'에 대한 열렬한 송가이자, 그 '꽃들'을 품으면서 스스로 자연 사물과 혼연일체가 되고자 하는 시인 스스로에 대한 실존적 다짐이기도 할 것이다.

　나아가 시인은 그렇게 봄이 되어 "그동안/어디 숨어서/죽은 듯/살아"(「봄·봄·봄」) 있던 자연 사물들이 새롭게 존재 방식을 형성해가는 크나큰 리듬을 탐색한다. 그리고 모든 사물들을 품어보려는 시인의 이러한 의지와 다짐은 "나무를 안으니/내 몸속에 수액이 흐른다"(「回春」)는 동일성의 확인으로도 깊이 이어진다. 한결같이 사물과 내면의 소통 과정을 그리고 있는 사례들로

서, 시인은 이러한 모든 소통 과정을 일러, 다음 시편에
서 '교감(交感)'이라고 명명한다.

프란치스코와 새는
무슨 말로 대화했을까.
그야 영적 대화겠지,
무심코 대답했는데
옆에서 누가
그걸 영적 교감이라는 거여,
단숨에 고친다.

우리가 주고받는 말들은
의미가 깊다 해도
영적 교감은 아니다.
새가 무슨 말을 하는지
꽃은 왜 웃다 말다 하는지
바위는 정녕 침묵만 하는지
알지 못한다.
(니비라면 혹 알까?)

영혼이 오가는 순간을
어찌 귀와 입으로 붙잡겠는가.
눈도 아니다.

생각도 아니다.

나 없는 내가 되어

가슴으로 듣는 말,

사랑의 숨결이다.

—「교감」 전문

성 프란치스코는 무심한 새들과도 '영적 대화'를 나누었다고 시인은 생각한다. 하지만 그것은 곧 '대화'가 아니라 '교감'의 차원으로 수정된다. '말'이라는 불가피한 옷을 벗어버리고 온몸으로 나누는 차원으로 그 소통 방식을 옮겨온 것이다. 이는 대화보다 교감이 그 소통의 직접성과 전체성에서 압도적이기 때문이었을 것이다. 여기서 우리는 우리에게 '평화를 위한 기도'로 유명한 아시시의 프란치스코가 불러일으켰던 그 직접적 감동을 새삼 느끼게 된다.

반면 우리 인간은 '말'을 주고받음으로써 소통을 한다. 시인이 보기에 말을 도구로 하는 한 아무리 깊은 의미를 담고 있다고 해도 그것은 온전한 의미의 "영적 교감"에 이르지 못한다. 새나 꽃이나 바위나 나비는 모두 말이 아닌 '말 너머'에서 자신들의 소통 형식을 가지고 있지 않은가. 그 점에서 "영혼이 오가는 순간"은 말로 붙잡을 수 없는 것이고, 눈과 생각을 넘어서는 곳에 진정한 "영적 교감" 곧 "사랑의 숨결"이 존재하는 것이다.

그것을 시인은 "나 없는 내가 되어/가슴으로 듣는 말"
이라고 명명함으로써, 가슴과 영혼으로 소통하는 '말
아닌 말'을 영적 교감의 필수적 요소로 생각한다. 그러
한 영적 교감의 형식을 통해 자연 사물들의 "말을 엿듣
다가/그만 깜짝 놀란"(「인간의 말에는」) 경험을 스스럼
없이 고백하는 것이다. 그러니 인간이 아닌 자연의 숨결
을 영혼과 가슴으로 포괄하려는 시인의 사유는 단연 생
태적인 동시에 종교적이며, 비가시적 영성의 파동으로
충일한 것으로 승화한다. 우리 시단에서 가장 돌올하고
개성적인 음역(音域)이 아닐 수 없다.

                              3

  나아가 김형영은 자신이 들려주는 이러한 '사랑'과
'영혼'의 소리에, 자음과 모음이 결합한 인공의 자국이
없다는 점을 노래한다. 시인은 이러한 영성이 밑받침된
소리를 통해, 우리에게 가장 행복하고 자족한 마음의
상태를 들려준다. 이처럼 그에게 '시'는 생명의 리듬이
만져지고 보이는 '음악'이요, 숨결의 형식이 선연하게 들
려오는 보이지 않는 '그림'이다.

  아침 산책길

새들의 노래,
몸도 마음도 깨어
문득 허공을 날고 싶다.

만나는 사람 없어
말을 건넬 순 없지만
아침 새들의 노래는
허공보다 멀리
조잘조잘 날아간다.

시계 따라 살다 보니
숨어 있는 기쁨 다들 모르겠지.
마음껏 혼자 심호흡하는 아침이면
행복이 지금 여기에 있다는 것을
나눠주고 싶어 견딜 수 없다.

─「지금 여기에」 전문

　'지금 여기hic et nunc'는, 과거의 역사도 미래의 예언도 아닌 현재성을 중시하는 표현이다. 그 생생한 삶의 현재형에 "아침 산책길/새들의 노래"가 들려온다. 그 노래는 시인으로 하여금 "몸도 마음도 깨어/문득 허공을 날고" 싶은 소망을 가지게끔 하는데, 물론 '새들의 노래'는 그 허공보다 훨씬 더 멀리 날아가는 근원적이고 궁극적인 표상을 가진다. 그에 반해 시인은 "시계 따라" 삶을 살아온 셈이니 그렇게 꼭꼭 "숨어 있는 기쁨"을 도저히 알 길이 없다. 그래서 "마음껏 혼자 심호흡하는 아침"에 비로소 찾은 순간의 행복감이 자신으로 하여금 바로 '지금 여기'에 있다는 진실을 알게끔 해주고, 시인은 그 발견의 기쁨을 누군가에게 나누어주고 싶어 하는 것이다. 여기에는 진리를 알고는 전하지 않고 견딜 수 없는 일종의 전교mission 충동이 내재해 있거니와, 그 점에서 김형영은 발견과 전달의 직임을 맡은, 가장 깊고 근원적인 '노래'의 사제(司祭)인 셈이다. 그래서 당연히 "진리는 표현하는 것이 아니란"(「無에 대하여」) 것을 알지만, 그것을 '시'로써 채록하고 정성스레 전하는 것이다. 시인은 그 시적 사제로서의 생애를 앞으로도 "머지 않아 보이는 것은 사라지고／안 보이는 것이 보이는 날／하늘에 바람 하나 걸고 산 삶"(「하늘에 바람을 걸고」)으로 증언해갈 것이다. 그래서인지 시인의 삶이 가닿은 상징적 고도(高度)는 '산정(山頂)'에 이르고 있다.

　　산꼭대기에 올라
　　소나무 밑에 누워본다.
　　얽히고설킨 가지와
　　가지마다 푸른 솔잎 사이로
　　바람과 구름 따라

근심 걱정이 씻은 듯 사라진다.

하늘을 향해 몇백 년을 자란
늙은 소나무 밑에 누워 있으면
내가 가장 가벼워지는 시간,
어디든 춤추며 날아갈 것 같다.

좋은 날 좋은 시 택해서
막걸리 한두 말 퍼다
뿌리 깊이 부어드려야겠다.

—「산꼭대기에 올라」 전문

시인은 산정에 올라 거기 외따로 서 있는 "소나무"를
발견한다. 그 밑에 누워 자신의 누추하고 이리저리 얽힌
삶에서 "푸른 솔잎 사이로/바람과 구름 따라/근심 걱
정이 씻은 듯" 사라지는 미적 순간성을 경험한다. "하늘
을 향해 몇백 년을 자란/늙은 소나무"는 곧 이러한 세
속의 때와 상처와 침전물들을 말끔히 걷어내고 치유하
는 신성한 존재다. 그렇게 시인은 산꼭대기에서 얻은 가
장 가벼워지는 시간을 통해 감각적, 정신적 희열을 온
몸에 담는 시간을 완성해간다. 그러니 "좋은 날 좋은 시
택해" 소나무에게 그 "날아다니는 노래"(「봄나비처럼」)
를 돌려주고 싶은 것이 아니겠는가. 역시 행복의 순간을

발견한 시인이 그것을 전하고 싶어 하는 모습이 약여하게 만져진다. 그리고 그 순간을 나누고자 시인은 소중한 '말벗'을 요청하게 된다.

바깥 나들이 할 때면
뒷짐부터 진다.
편안하다.
느릿느릿 걷다가
담장 밑에 민들레며
겁 없이 기어오르는
담쟁이넝쿨과도 만난다.

한참을 그냥 마주 서서
속사정도 나눈다.
눈 잠깐 맞췄을 뿐인데
돌아서면 여운이 남는다.

말벗이 하나둘 사라지고
혼자 남아 중얼거리는 날이 많아지자
먼 산 황혼이 조용히 타이른다.
그만 자거라.

—「말벗」전문

편안하게 느릿느릿 나들이를 나온 시인은 "담장 밑에 민들레"나 "겁 없이 기어오르는/담쟁이넝쿨"을 말벗 삼아 잠깐 동안 눈도 맞추고 한참 동안 속사정도 나눈다. 하지만 그들과 헤어지면 짙은 여운이 남곤 하는데, 그것은 그 순간이 지나면서부터 "말벗이 하나둘 사라지고/혼자 남아 중얼거리는 날"이 돌연 찾아오기 때문이다. 그렇게 꽃들은 시인의 소중한 말벗이며 '말 너머의 말'을 주고받은 실질적인 교감의 파트너였던 것이다. 하지만 그때 "먼 산 황혼"이 조용히 다가와 그러한 '말벗'들과 헤어진 연후에 찾아오는 고독조차 순리로 받아들일 것을 타일러주는 장면에서, 우리는 시인이 상상적으로 확장해가는 '말 아닌 말' 혹은 '말 너머의 말'을 나눌 '말벗'들이 세상에 편재해 있음을 알게 된다. 사람을 향해서는 "당신 없이 나 혼자/너무 심심해/무슨 말이든 누구와 나누고 싶어"(「오늘은 당신 없이」)라고 했지만, 그의 항구적 '말벗'인 자연 사물들은 그야말로 "들판 푸르른 풀잎에도/산속 울창한 나무에도/출렁이는 강물 속에도"(「없이 계시는 님」) 언제나 그대로 있었던 것이다. 그렇게 "흩어진 천지사방을/하나로"(「작은 생각들」) 엮어내면서 사물들과 소통하는 서정적 교감의 방식은, 이번 시집의 더없이 확연한 구심적 기율이자 시인의 존재론적 발화 형식이기도 한 것이다.

무릇 모든 존재자는 현상계에서 물질적 존재 형식을

한시적으로 취하다가 일정한 시간의 흐름을 따라 사라
져가게 마련이다. 신생과 성장과 소멸의 과정을 내남없
이 거치기 때문이다. 따라서 소멸이란 그 자체로 비극적
이지만, 누구에게나 편재적이므로, 시인으로서는 그것
을 심미적으로 완성해야 하는 책무를 부여받게 된다. 시
집 가득한 서정과 영성의 파동들이 바로 그 심미성의 책
무를 완성하고 있는 것이다. 가없이 융융하고 아름답다.

4

이처럼 김형영이 노래하는 세계는 자연 사물과의 격
의 없는 비언어적 소통 과정과, 그것을 가장 신성하고
근원적인 세계로 긍정하는 넓고 깊은 사랑의 마음에 있
다. 우리가 김형영의 시편들을 통해 일종의 형이상학적
전율을 느낀다면, 바로 이러한 원리가 시종 그의 시편들
을 충실하게 관통하기 때문일 것이다. 바로 이것이 김형
영 시학이 우리 시단에 오랫동안, 그리고 '지금 여기'에
섬광처럼 쏟아놓는 서정과 영성의 빛이다.

    나무들의 대성당에서
    새들은 노래한다.
    밤새 내려온 이슬방울은

하느님 눈망울인 양 깜박거리고,
바람은 건들 불어
아침을 연다.

오늘은 또 이렇게
하루를 시작하는 거다.
맑은 공기로 가슴 부풀려
세상을 떠도는 거다.
어젯밤 꾼 꿈을 찾아가는 거다.

콧노래를 부르며
콧노래와 함께
나는 다시 나를 찾아
내 노래를 부르는 거다.

대성당의 나무들처럼
거기 깃들어 사는 새들처럼
나도 거기 깃들어
오늘도 한결같이
또 하루를 새롭게 살아보는 거다.

——「꿈을 찾아서」 전문

시인이 스스로 찾아가는 '꿈'이란, 세속적 욕망이나

가상적 초월 욕구가 아니다. 그것은 '나무'의 성스러움으로 비유되는 어떤 성화sanctification 과정과 연관된다. 자연은 어느새 "나무들의 대성당"이 되고 거기서 노래하는 "새들"과 "밤새 내려온 이슬방울"은 모두 아침을 새롭게 열어가는 "하느님 눈망울" 같은 존재들이다. 청신하고 아름답게 열리는 '오늘 하루' 역시, 시인이 강조해마지않는 '지금 여기'의 변형태일 것이다. 바로 '지금 여기', 시인은 "맑은 공기"로 가득 찬 '세상'에서 노래를 부르며 "꿈을 찾아가는" 것이다. 그리고 그 과정을 통해 "다시 나를 찾아"가는 재귀적 모습을 보여준다. 따라서 "내 노래"는 "대성당의 나무들"과 "거기 깃들어 사는 새들"처럼 '지금 여기'의 하루를 새롭게 살아가는 뭇 존재자들의 꿈이고, 한편으로는 자신으로 회귀해 들어오는 성찰의 언어이기도 할 것이다.

운명을 견뎌내느라
꿋꿋이 서 있는 너를 볼 때마다
내 팔다리는 가늘어지고
내 생각은 너무 가벼워
몸 둘 바를 모르겠기에
나는 때때로 네 앞에서 서성거린다.
너를 끌어안고서
네 안으로 들어가려고,

너를 통해서

온전히 네가 되어보려고.

—「나무를 위한 송가」 전문

　나무들은 '운명'을 견디면서 대지 위에 꿋꿋이 서 있다. 그것을 바라볼 때마다 시인은 자신의 왜소함과 가벼움을 토로하고 고백할 수밖에 없다. 그렇게 "몸 둘 바를" 몰라 시인은 때때로 나무 주위를 서성거리는데, 이는 마치 윤동주가 그의 시 「십자가」에서 "종소리도 들려오지 않는데／휘파람이나 불며 서성거리다가"라고 노래한 것처럼, 자신이 궁극적으로 가닿을 수 없는 신성한 존재에 대한 외경의 마음을 담고 있는 것이다. 그래서 시인은 결국 "너를 끌어안고서／네 안으로 들어가려고,／너를 통해서／온전히 네가 되어보려고" 하는 것이다. 그 열렬한 송가를 통해 "날마다 꿈꾸는 날이기를"(「사는 날같이」) 바라고자 하는 것이다. 그 순간 우리는 '나무'와 한몸으로 섞여드는 서정적 순간성을 경험하게 된다.

그날 고백한 말 한마디

일생 나를 붙들어

거꾸로 매달았네.

거꾸로 매달려 세상을 바라볼 줄이야.

세상이 거꾸로 매달릴 줄이야.

—「베드로의 고백」 전문

성 베드로가 "그날 고백한 말 한마디"란, 시인을 일생
동안 어떤 신성하고도 궁극적인 세계로 붙들어놓은 힘
이었을 것이다. 그것은 "거꾸로" 매달린 삶이기도 했는
데, 이는 베드로가 십자가에 거꾸로 못 박혀 순교한 장
면을 환기하는 동시에, 자신의 세속적 욕망과는 반대편
으로 천천히 걸어왔던 시인의 이른바 '역리(逆理)'의 삶
을 말해준다. 그렇게 "거꾸로 매달려 세상을 바라볼 줄"
은 몰랐던 시인으로서는, '베드로의 고백'이 삶의 가장
원천적인 빛이요 빚이었던 것이다. 그리고 바로 그 때문
에 "세상이 거꾸로" 매달려 있음을 알게 된 것이다. 말
하자면 베드로의 고뇌와 삶의 무게, 그리고 그가 치러낸
내적 정화 같은 것이 시인으로 하여금 자기 무게를 다
버리는 것이야말로 실존적 고백의 다른 이름이라는 것
에 상도(想到)하게끔 한 것이다. 그렇게 우리는 시인의
언어를 통해, 예수를 세 번 부인한 때로부터 십자가에
거꾸로 매달리기까지 베드로가 내면으로 겪었던 고뇌와
고뇌의 극복과 평화를 듣게 된다. 비유하자면 그 과정
이, 시인으로 하여금 "죄 없이 사는 길이/있기는 있는
것"(「죄의 뿌리」)이냐고 묻게도 하지만, 궁극적으로 삶

이란 "本鄉에 돌아가는 일"(「마지막 꿈」)임을 알게도 해
주는 것이다.

5

　두루 알다시피, 좋은 시인은 일상에서 무심히 지나치
는 사물들의 존재 형식을 통해 생의 본질을 형상화한
다. 김형영이 수행하는 관찰과 표현은, 자신의 정서를
직접 드러내는 방식을 지양하면서, 사물의 존재 형식과
생의 본질을 유추적으로 결합시키는 작법(作法)을 지향
함으로써 이러한 원리를 더없이 충족한다. 그래서 시인
이 포착한 사물의 존재 방식은 인간의 그것으로 치환되
고, 존재의 심층에 가라앉아 있는 삶의 이법에 대해 사
유할 수 있게 해준다. 이처럼 사물의 존재 방식을 통해
어떤 삶의 비의(秘義)에 가닿는 과정은, 양도할 수 없는
김형영 시학의 존재론적 지표라 할 것이다. 이러한 김형
영 시학의 형질과 지향은 결국 실존적 형이상학의 세계
로 선명하게 귀납되는데, 그때 그의 언어들은, 엘리엇 T.
S. Eliot의 말처럼 "마음 깊이 울리는 음악 / 귀에 전혀
들리지 않을 정도로 마음 깊이 울리는 음악"으로서의
시 쓰기를 보여주게 되는 것이다.

나는 내가 누군지 모르고 산다.
내가 꽃인데
꽃을 찾아다니는가 하면,
내가 바람인데
한 발짝도 나를 떠나지 못하고
스스로 울안에 갇혀 산다.

내가 만물과 함께 주인인데
이리 기웃
저리 기웃
한평생도 모자란 듯 기웃거리다가
나를 바로 보지 못하고
나는 나를 떠나 떠돌아다닌다.

내가 나무이고
내가 꽃이고
내가 향기인데
끝내 나는 내가 누군지 모르고
헛것을 따라다니다
그만 헛것이 되어 떠돌아다닌다.

나 없는 내가 되어 떠돌아다닌다.
　　　　　　　　—「헛것을 따라다니다」전문

지금까지 "내가 누군지 모르고" 살아온 시간들, 꽃이면서 꽃을 찾아다니기도 하고 바람이면서 '나'를 떠나지 못하고 울안에 갇혀왔던 시간들이 여기 전경(前景)으로 펼쳐진다. 하지만 그것은 어쩌면 스스로 나무이고 꽃이고 향기임을 자각해온 시간들이기도 하다. 그렇게 "만물과 함께 주인"임을 알아간 시간들을 따라 시인은 "나를 바로 보지 못하고 / 나는 나를 떠나 떠돌아다닌" 삶을 반성적으로 사유한다. 그것은 "끝내 나는 내가 누군지 모르고 / 헛것을 따라다니다 / 그만 헛것이 되어 떠돌아다닌" 것에 대한 성찰의 몫으로 다가온다. 이 '헛것'과 '떠돌아다님'은, 허망한 것을 좇아 생을 소진했다는 반성도 불러오지만, 그 '헛것'이야말로 시인이 '시'를 통해 가닿으려는 열망 자체이기도 했음을 넌지시 알려준다. 그렇게 김형영은 삶의 헛됨 혹은 비극적 존재 방식에 흔연히 참여하면서도, 인간의 궁극적 관심을 암시하는 눈을 풍요롭게 우리에게 보여준다. 그만큼 김형영의 시는, 사라져가는 사물들과의 소통에서 중요한 영성의 가치를 발견하고, 나아가 거기서 서정적 신생의 원리를 자연스럽게 담아내고 있는 것이다.

지금까지 우리는 김형영 시학의 일관성과 지속적으로 점증해온 속성을 동시에 만날 수 있었다. 우리가 서정시를 통해 현실에서는 전혀 불가능한 상상적 존재 전환을 꿈꾸게 된다면, 김형영의 시편들은 그러한 직임을 최전선에서 수행하는 사례일 것이다. 그 세계를 따라 우리는 일상적이고 물리적인 현실을 벗어나 전혀 다른 존재론적 거처로 이동할 수 있게 된다. 그 달라진 시공간에서 이루어지는 경험들은, 무한한 상상적 확장을 통해 사물로 그 권역을 넓혔다가, 다시 자기 자신으로 돌아오는 회귀적 과정을 밟아갈 것이다. 이러한 과제를 수행하는 과정에서 김형영 시학은, '신성한 것'에 대한 일관된 갈망과 추구 그리고 거기서 여러 인생론적 세목들을 파생시키는 상상력을 일관되게 보여준다. 그 세목들이란, 삶의 근원에 대한 깨달음을 거쳐, 신성과 일상의 깊이를 동시에 탐색하는 길에 이르러, 궁극적인 존재 전환의 꿈을 노래하는 실존적 과정일 것이다. 이는 우리 시단에서 좀처럼 찾아보기 어려운, 사물의 구체성과 시적 형이상학이 결속하는 과정을 눈부시게 담고 있는 미학적 결실이다. ▨